LA VIOLÈNCIA, TARGETA VERMELLA!

Títol original: *La violence, carton rouge!*

Adaptació: Begoña Eladi
Correcció d'estil: Sandra Camps

Editat per acord amb Actes Sud

Primera edició en català

Muntaner, 391 – 08021 – Barcelona

www.edicioneserres.com

Fotocomposició: Editor Service, S. L.

ISBN: 84-8488-135-0

Imprès a la U. E. - n° L90927A

L'arbre de la vida

VIRGINIE LOU

LA VIOLÈNCIA, TARGETA VERMELLA!

Il·lustracions de
SERGE CECCARELLI

Pròleg de Jean-Pierre Rosenczveig

Advertiment final de Jean-Pierre Balduyck

SerreS

ÍNDEX

LA VIOLÈNCIA NO ÉS INEVITABLE

El nostre país de segur que té molts inconvenients, perquè sempre ens queixem de tot. Malgrat això, durant aquest últim període del segle XX hem aconseguit un bé inestimable: s'han acabat les guerres que sovint assolaven l'Europa Occidental.
Fins ara, com hem pogut confiar en el futur?
Per apreciar aquest progrés, només cal posar atenció a tot allò que passa en altres llocs. Amb aquesta seguretat adquirida, encara suportem pitjor –amb raó– altres tipus de violències quotidianes com la inseguretat que afecta els béns i les persones per culpa de la delinqüència, la violència de les condicions de vida que afecten els més desfavorits o a cadascú de nosaltres, des de la pol·lució física o sonora fins la degradació de l'entorn. D'aquesta manera, la violència de les relacions humanes xoca quan deixem de respectar-nos. Llavors, en el millor dels casos, parlem de falta de civisme.
Aquests tipus de violència, i d'altres, són inacceptables en una societat anomenada «de la informació» com la nostra. No cal que tothom estigui d'acord en tot, però cal tenir present que els enfrontaments, els conflictes o les contradiccions s'han de solucionar segons unes regles del joc convingudes amb antelació, com el diàleg o el vot, que vetlla per la prevalença de la majoria sobre la minoria. És a dir, amb democràcia.

No hi ha consens. Els joves i els nens són objecte de les crítiques més severes. No respecten res, agredeixen verbalment, trenquen les coses i les fan malbé, i sobretot, no dubten a utilitzar la violència contra altres joves i no tan joves. «Senyor jutge, em va mirar d'aquella manera i per això li vaig fotre un cop de puny!»
De fet, molts joves utilitzen la violència perquè no disposen d'altres mètodes de comunicació. Des de sempre, alguns d'ells no han rebut protecció ni educació dels adults, i han après a defensar-se. Generalment han acabat entrant en un altre món; el del carrer, amb les seves lleis i els seus padrins.

Els podem veure des dels set o vuit anys; quan ja en tenen dotze o tretze, reflecteixen l'omnipotència d'aquells que ja no esperen res més, ni dels adults, ni d'una societat que els ha decebut perquè els ha privat de la seva infantesa, és a dir, del període d'irresponsabilitat.

Són febles, però juguen a ser milhomes. De vegades, són perillosos perquè viuen en un món irreal. Volen alguna cosa, doncs l'agafen; si ens hi resistim, ens agredeixen, sobretot si són molts i van armats. Realment són persones que han de tornar al seu rang de nen, un grau social que no haurien d'haver abandonat mai. Hi practiquen una forma de terrorisme que cal combatre com a tal, sense recular ni cedir al xantatge.

És difícil fer-los entendre que la llei, és a dir, la norma que s'aplica a tothom, també ha de ser la seva llei; que aquesta llei que restringeix les seves llibertats també garanteix els seus drets fonamentals i que la llibertat d'una persona arriba fins on comença la llibertat d'una altra.

Sovint es comenta que cal recordar la llei als joves i no dubtar a l'hora de sancionar-los quan l'han violada. Però comencem fent-los justícia, ja que són joves i de vegades tenen unes condicions de vida dures, senzillament violentes. Però no hi ha cap mena d'excusa.
Cal aplicar-hi, doncs, la regla «del fort respecte el feble». És responsabilitat dels més forts –els adults– crear un diàleg i un respecte (compte amb el tuteig!); els nens i els joves no s'equivocaran si, darrere de la inflexibilitat i l'autoritat, troben sinceritat, coherència i justícia.

En conseqüència, la violència no és inevitable; no n'hi ha prou de saber curar-la, cal prevenir-la. Aquí només donem una pista: ser just, és a dir, reconèixer cadascun dels drets i deures d'un mateix.

Jean-Pierre Rosenczveig
magistrat, president del tribunal de menors de Bobigny

TAL DIA COM AVUI, A UNA CIUTAT QUALSEVOL

La història d'en Pere, l'Aminata i en Gerard podria estar passant a qualsevol lloc, a qualsevol ciutat d'Espanya o d'Europa, en una d'aquelles ciutats construïdes massa ràpid, on s'ha oblidat que la humanitat, per viure-hi, no solament necessita un sostre, sinó també llocs on reunir-se, conèixer els veïns i ajudar-se els uns als altres. Podria passar en qualsevol lloc, sí, però no en qualsevol moment. Tan sols avui dia, en aquests anys on la violència ha esdevingut moneda de canvi, moneda legal.

A les nostres ciutats hi ha molts «solitaris», persones que creuen que, si la paraula no és eficaç, han de sobreviure amb la força dels punys.

A la ciutat on es desenvolupa aquesta història trobem un món ple d'exigències repetides incansablement: «S'ha d'ésser competitiu», «La competència no té pietat», «Per existir cal lluitar contra els altres»; fórmules que han contaminat els esperits dels pares i dels fills.

En Pere, l'Aminata i en Gerard són com els altres nens. Ja fan primer d'ESO, viuen una aventura de vulgaritat i angoixa: el pas de la infantesa a la pre-adolescència, de la confiança a la por vers un món que només els ofereix la certesa del perill.

Tot i això, aquests nens «com els demés» són ben diferents els uns dels altres.

En **Pere**, fill d'una parella exigent i dedicada a la seva feina, reflecteix la seguretat dels que ho tenen tot, però se sent perdut i abandonat.

L'**Aminata**, al contrari, té molts complexes, com moltes de les noies a l'inici de l'adolescència. La seva mare l'ajuda, l'escolta, però els problemes quotidians també l'aclaparen. No té pare i el troba a faltar.

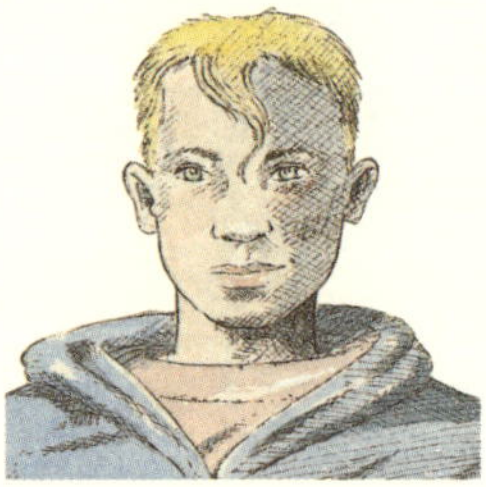

En **Gerard** se sent bé amb si mateix, bastant equilibrat. Vol sortir-se'n a l'escola i no ho fa gens malament. Però la vida de l'escola va massa de pressa per a ell i actua sense sentit comú: «Per què mai no fas servir el cap fora de les classes de mates?», li diu l'Aminata.

Així doncs, podem veure que en Pere, en Gerard i l'Aminata són la representació de tres caràcters particulars. No mantenen les mateixes relacions amb el món, amb els altres, però tots tres busquen la manera de ser feliços, encara que de vegades sembli que ho fan sense seny. Evidentment, ningú no és perfecte.

Als anys cinquanta, la situació a l'Argentina encara era pitjor que la d'avui dia. Tothom, sobretot els pobres, la patia molt i es buscava una sortida. Un home del teatre

argentí, Augusto Boal, va crear un teatre original, on les peces no es representaven, sinó que s'anaven inventant segons les intervencions dels espectadors.
L'Augusto plantejava un problema tret d'una situació quotidiana, donava indicacions dels personatges i els actors començaven la interpretació.
A més, els espectadors feien una reflexió sobre l'obra. Pensaven: «Si jo fos aquest personatge, faria això...»
Llavors, l'espectador més audaç donava uns copets a l'esquena del comediant i el reemplaçava. Els altres espectadors, quan veien el caire que agafaven els esdeveniments amb aquella nova interpretació, hi intervenien i trobaven les solucions per resoldre el problema en qüestió.

Avui dia, la nostra pregunta és: «Com es pot conviure en una escola, un lloc pensat per estudiar en pau, però on la violència ha acabat introduint-se, i de vegades ha acabat regnant?» Pot semblar una utopia, però jo mateixa he vist realitzat aquest ideal en una escola del Raval de Barcelona. Per tant... és possible.
En la història que llegireu, els personatges d'en Pere, l'Aminata i en Gerard aporten les seves respostes.
Però, sens dubte, aquests nois podrien tenir unes altres reaccions, unes altres paraules, uns altres punts de vista.
I, evidentment, hi ha moltes més solucions!
O sigui, sempre hi ha mil solucions per a un problema i mil maneres de plantejar-ho. De nosaltres depèn el fet d'inventar les nostres pròpies solucions i dur-les a terme, allà on vivim i segons el que som...

Capítol 1

En Pere i la missió impossible

«Fent colzes». «Aprovar fent colzes...» Quants cops m'ho ha dit el pare, des de que em vaig inscriure a l'escola els Tells? El pare volia que anés a l'escola Sant Joan. Segons ell, només n'hi ha una que val la pena: l'escola Sant Joan. No vol saber-ne res, dels Tells. Sobretot perquè van parlar-ne molt, fins i tot als diaris, d'aquell dia que els alumnes van voler cremar el gimnàs... I no solament això! Els atracaments, les baralles... «És una escola de dimonis!» diu el pare. Volia que anés a la Sant Joan quan fes sis anys. Però la distància entre l'escola Sant Joan i els Tells era el meu carrer. El costat parell, la Sant Joan. El costat senar, els Tells. I nosaltres vivíem al 37... Impossible poder anar a l'escola Sant Joan, impossible! El pare es va emprenyar molt! No li agrada que les coses no surtin com vol!

Des que va veure que havia d'anar als Tells, em controlava tot el sant dia.
–Ja cal que siguis dels millors de la classe, i en totes les assignatures! Esforça-t'hi tot el possible, si no la tindrem! Hauràs de fer colzes, com jo!
De què em serviran els colzes a les matemàtiques?
El punys, d'acord, són efectius i serveixen!
Però fes-li entendre al pare.

Com puc arribar a ser dels cinc primers si l'any passat era dels últims de la classe? A més, el meu pare sempre se'n fot! Diu que l'escola primària és una guarderia per a bebès grans. Ni tan sols sabia com es deien les meves professores. Mai no va venir a veure'm a cap festa de fi de curs.
Amb aquest assumpte de l'escola ha perdut el cap, de sobte. Aprovar, aprovar! Només parla d'això! I que ell mai no va poder anar a escola, i que més val que m'hi esforci si no... D'acord, d'acord! No ho veig gens clar, no sé com podré ser dels cinc primers de classe...tant si em dona una pallissa, com ha promès, com si no ho fa.

A més, els cinc primers de classe són uns set-ciències. Sobretot elles. Normal, les professores prefereixen les noies. No poden suportar els nens. Excepte els nens com l'Antoni: amb ulleres, ben educat, bon noi... Em posa nerviós. Ja veurem a sisè, es veurà negre per sortir-se'n! Ja no hi haurà una professora que el malacostumi, no podrà dir que s'han de fer les coses com ell diu... Jo com ell? Ja m'imagino amb ulleres i aixecant el dit a classe... Rebrà, i tant que rebrà! El primer dia de classe, en Carles i jo l'agafarem per banda i deixarà d'anar de llest! Llàstima que en Carles no vagi a la mateixa classe.

Riurem, i tant que riurem! No ens avorrirem pas... A més, tenir un company forçut és molt efectiu. I els més petits tenen molt de respecte a un de dos cursos superior. Amb ell, no corro cap perill si hi ha baralles. Per altra banda, jo estic molt fort i no em fan por les baralles...
Els dels Tells no em fan pas por. Els Tells, Sant Joan: si fa no fa... Tindrem mitja dotzena de *profes* a sobre. Jo, que amb una professora ja en tenia prou... I demà, comencen les classes!

Capítol 2

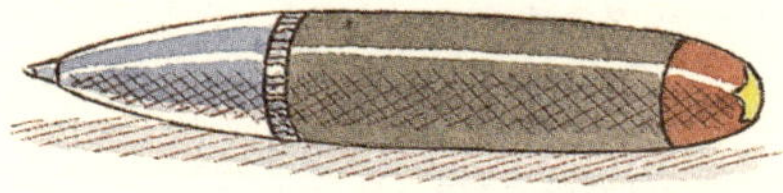

L'Aminata i la por

... De totes maneres, és cosa d'homes.
Així que, com diu la mare, cal mantenir-se al marge, evitar parlar amb els nois i quedar-se al carrer amb ells. Així no tens problemes.
El problema de l'Elisa és que està enamorada d'en Gerard. I en Gerard té una banda. Quan s'ajunten tots els nois, canvien, es tornen bojos. Fan bestieses, empipen a classe, donen empentes als passadissos, insulten...
Un dia, el curs passat, van passar cridant pel meu costat. Anaven corrent i em van donar una empenta. A en Lluís li va caure una mica la motxilla i llavors, amb un cop d'esquena, se la va posar bé, justament quan passava pel meu costat...
Paf! La sivella de la motxilla va anar a parar just al meu ull. En Lluís no es va parar, ni tan sols quan vaig fer un crit.

Simplement, ni tan sols se'n va adonar!
L'endemà, quan l'Elisa va dir-li que m'havia deixat un ull de vellut amb la seva motxilla, em va demanar perdó? I ara!
Va començar a riure com un boig. Perquè, evidentment, un negre amb un ull de vellut és súper divertit...
Jo ja li he dit a l'Elisa que s'enamori d'un altre noi, o que li digui a en Gerard que es controlin una mica. A més, a la nostra edat podem estar-nos d'enamoraments. Anem a l'escola per aprendre, i res més.
Ho diu la mare.
I jo crec que té raó.
Jo enamorada?
No en tinc, de temps!
Em pregunto com s'ho fan els altres per poder pensar en el curs, els deures, i l'amor... Potser no els fa tanta por suspendre com a mi. Si donessin una medalla a la por de suspendre, segur que me la donarien cada trimestre. L'Elisa se'n riu. A ella no li fa por. Una mala nota? Bah! Ja ho aprovarà més endavant. Jo no ho aprovaria mai. Si suspenc un cop, ho suspenc tot, i sempre, com la mare...
La mare es va treure títols de doctora al seu país. Però mai no ha pogut treballar a Catalunya perquè aquí aquests diplomes no són vàlids. I quan va voler tornar a presentar-s'hi, va suspendre. Un cop, un altre: suspesa.
Llavors va començar a tenir por... Per ella, per mi, per les factures de l'electricitat, pel lloguer... Por de tot...
En Gerard també va fer la seva banda perquè tenia por, era tan escanyolit que els grans l'estovaven de valent, fins i tot al parvulari.

Hi ha altres nois prims i desnerits. En Lluc, per exemple. En Lluc no és de cap banda. Té un amic ben forçut que el defensa. Però en Gerard és molt orgullós! Mai no li demanaria a un gran que el defensés! No, va fer creure a en Joan, en Lluís, en Víctor i l'Alí que, si anaven plegats, serien els més forts de l'escola, que serien com aquelles bandes de barri que fan justícia i que fins i tot s'enfronten als adults –quan els adults són dolents, evidentment– En Joan, en Lluís, l'Alí i en Víctor estaven orgullosos de ser els justiciers de l'escola. Van crear la banda, i com que en Gerard havia

tingut la idea, va ser nomenat líder de la banda, sense cap mena de dubte.
Quan li vaig explicar aquesta història a la mare, es va emprenyar molt. «Els nens no han de fer justícia, hi ha lleis i jutges, i els únics que cacen en grup són els llops!». Era una bestiesa, i molt perillós, a més! Per això, bons minyons com en Gerard es convertien en dimonis que es permetien fer justícia, quan ni tan sols sabien què era la llei.

També va dir força fàstics sobre els americans i les seves maleïdes telenovel·les, però jo no vaig entendre res de res, i aquell dia, la mare va apagar el televisor.
Tot seguit, vaig arrencar en plors: la mare em castigava per les burrades d'en Gerard!
Quina injustícia!
A partir de llavors, la mare va començar a portar-me molt sovint al cinema, perquè hi treballava d'acomodadora a més de fer-hi la neteja.
Em va inscriure a la biblioteca i vam acabar vivint sense televisió. Ens vam oblidar de la *tele*...

Ara em sento estranya. Al pati de l'escola no m'assabento de res. Tothom parla de la *tele* i les telenovel·les. Tinc la impressió que visc en un altre planeta. Potser..., potser sí que sóc d'un altre planeta, perquè sóc l'única que diu que té por. Sobretot de les bandes. A l'escola n'hi ha moltes. A la classe de la germana de l'Elisa n'hi ha una. Sempre estan empipant les nenes, donant empentes, insultant. Només les insulten quan passen per davant d'elles, per riure-se'n... Sempre ho fan.

Però això no s'acaba aquí. La germana de l'Elisa diu que les bandes atraquen a les noves, fins i tot els roben les sabates si són de marca...

O, per exemple, un nen de la seva classe, que no va voler entrar a la banda, va tornar a casa amb mitjons i calçotets. Mai no va tornar a l'escola. No podia soportar-ho.

La meva mare té la solució: mantenir-se lluny dels nois.

I això com es fa, si t'atrapen i no et deixen sortir?

La mare té el cap ple de pardals!

També diu que no s'han d'escoltar les enraonies. D'acord! Però ella no anirà als Tells, i no es trobarà amb totes aquelles classes dels cursos superiors, i amb totes les bandes que sempre estan escridassant al pati. L'Elisa no pateix gens, no té por de les bandes. Està segura que la banda d'en Gerard la protegirà. O sinó el seu pare, que és cirurgià. Qui es fica amb la filla d'un cirurgià? Mentre que la mare, tota sola, amb els seus trastos de neteja, les seves propines del cinema, el seu estimat restaurant i els seus diplomes, no fa por a ningú. Tot i així, és molt forta, però no fa por a ningú. Ve-t'ho aquí...

CAPÍTOL 3

EN GERARD I LA «LLIBERTAT»

Però què s'ha pensat aquell paio?
Jo passo per on em dóna la gana, quan em dóna la gana!
Sóc lliure, oi?
I aquest pallasso abaixa la finestra per insultar-me?
Té sort que no li hagi agafat el número de matrícula.
L'hauríem trobat i li hauríem punxat les rodes del cotxe...
Res, és un bandarra. Els parvularis sovint estan bé, les escoles també, però els instituts...
Ei, gent! Sí, sí, vosaltres!
–Ei! Hola! Hola, Joan! Fas cara de clapat.
–Vaig quedar-me mirant aquella *pel·li* de la *tele*. Tu no?
–El vespre abans del primer dia de classe? Ja saps com se les gasta el meu pare!
Res de fer broma amb els horaris.
Un conductor de trens, per força...

–S'ha comprat un despertador?
–És ell, el despertador! A les nou tocades, a dormir. I res d'anar-hi a les nou i un minut! A dos quarts de deu s'han de tancar els llums, encara que estigui a meitat d'una pàgina. De què anava la *pel·li*?
–Molt fort, nen! Era la història d'un inventor que construeix un robot programat per carregar-se totes les dones, les joves i les velles. Sobretot les velles. Va ser collonut.
–Ah! I ho trobes divertit, això?
–Ei, doncs al meu pare li encanta! Va'm riure molt!
–Us fa riure?
–I tant! Només és una *pel·li*. Que et fa por?
–Gens ni mica. No me'n fa pas. Simplement, no m'agrada. Ho trobo fastigós. I per què matava les dones, el robot?
–No ho vaig entendre gaire bé. Una història de la seva mare... Per venjar-se de la seva mare... A mi el que m'agrada són els efectes especials. El meu pare fa col·lecció de pel·lícules *gore*. En té un munt.
–A casa meva no mirem aquestes coses. A mi, només amb la carn crua, ja em vénen ganes de vomitar...
–Ei! Primer B! Som nosaltres! Ens criden.
–Com ho saps?
–He vist la llista.
–I per què no som a primer A?
–Perquè hi han ficat els d'alemany.
–Així se sobreentén que els que volen fer alemany són millors que els que fan anglès?
–Gerard, no comencis a rondinar i a veure injustícies a tot arreu. Els de primer A fan alemany i els altres, anglès. Ei! Hola, Alí! Un altre cop fas tard!
–M'he trobat amb en Nicolàs. Va al Sant Joan. Sabeu què m'ha dit?
–No. Què?

–Que els grans de la seva escola volen venir a destrossar l'institut avui mateix.
–Bah!, no m'ho crec! Els més grans encara no han començat les classes.
–Sí, sí. Comencen aquesta tarda i després vindran aquí per trencar-ho tot.
–Històries! Només són històries.
–Doncs en Nicolàs m'ha dit que l'any passat van trencar l'aparcament de les *bicis*, en van pispar algunes, i fins i tot van punxar les rodes. I la prova que no dic mentides és que hi ha un cotxe de policia fent guàrdia a la cantonada del carrer. Segur que els han avisat i els estan esperant.
–Que no toquin la meva *bici* si no... el meu pare...
–Xit! Calla! La paia aquesta ens mira malament.
–Fixa't en Pere! Llepaculs! Diuen que el seu pare li farà un cap nou si no és dels cinc primers de classe...
–Xit! Ens mira la dents de cavall amb les seves ulleres de cul de got!

Capítol 4

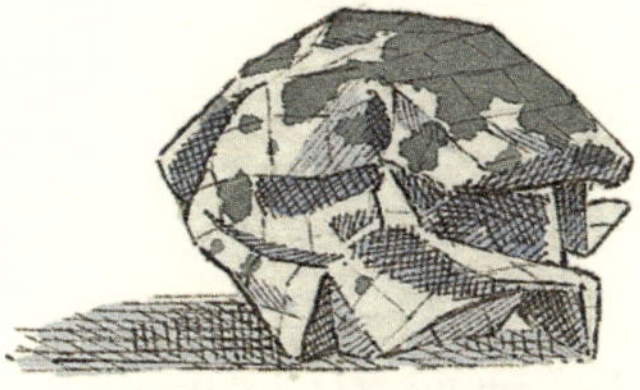

En Pere i «l'odi»

Té, una boleta plena de tinta per al pallasso d'en Gerard. Això li ensenyarà a respondre. Sempre amb el dit aixecat! Què es pensa? Que és l'Antoni? Llepaculs!
7 cops 111? Què sé jo! No em trencaré pas el cap amb això! Les calculadores serveixen per alguna cosa, oi? I l'altre diu: «Pere, no saps quines són les normes bàsiques del càlcul mental?» Aquest paio es pensa que sóc burro! Fes-te fotre, subnormal! Té, agafa-ho! Paf! Just a l'esquena, quina punteria! No te n'has adonat, però ja veuràs quan la teva mare vegi la taca que portes a la samarreta... Ah! En Joan ho ha vist. Pots bellugar-te tot el que vulguis, company, massa tard! Tu també en rebràs. Això t'ensenyarà a no espiar.
–Gerard i Joan, es pot saber què passa?
–Algú ens llença boletes de tinta, senyor.

En Gerard té una gran taca al bell mig de la samarreta.
–Qui ha fet això? Espero que surti el responsable... Quim, tu ens en podràs dir alguna cosa sobre això, dimoni! Si et penses que em fas por amb aquests ulls de bèstia. No me'n fas pas i encara no has vist res.
–Professor!, professor, que podem obrir la finestra? Algú s'ha tirat un... Ecs, quina pudor. Senyor, podem obrir?

–Deixeu de riure! Silenci! Silenci!
Pot cridar com un boig, però seria estrany que callessin. I les noies també riuen pels descosits! Això és una disbauxa!
–Silenci! Si no us castigaré una hora! A tothom! Silenci!
Quin batibull! Tothom s'aixeca de la cadira! Què passa? L'Aminata comença a plorar! Perfecte! Realment està tocada del bolet, la pobra noia. Està amoïnada per l'hora de càstig? I ara un altre dimoni de nen no pot més i llença una altra boleta de tinta. Rebentarà, me la jugo! Guaita, un coet! Qui ho ha llençat? En Julià? I en Cristian de seguida en prepara una altra. On vaig guardar els fulls? Ah, sí, dins la carpeta, amb els apunts de Geografia i Història. Vaig comprar-ne un paquet de cinquanta. Tot controlat. I quan miri cap a un altre lloc... Per força no pot tenir ulls per a tothom...
–Pere Bertran, tres hores de càstig! Julià Ribó, Cristian Roig, us dic el mateix! I m'haureu de portar aquest paper signat pels vostres pares.
L'agitació cessa?
Ni pensar-hi!

Si haguéssim continuat, el professor hauria perdut el cap. Només s'hauria pogut queixar amb una vaga, perquè, com diu el meu pare, sempre n'estan fent. Com a mínim, hauríem estat tranquils durant la vaga. Però els altres són uns cagats, els acolloneixen, i tothom s'arrossega com un cuc...

Però si es pensa que li donaré això al meu pare, l'altre babau, per signar-ho, s'equivoca de totes totes. Fa anys que imito la signatura del meu pare, o sigui que...

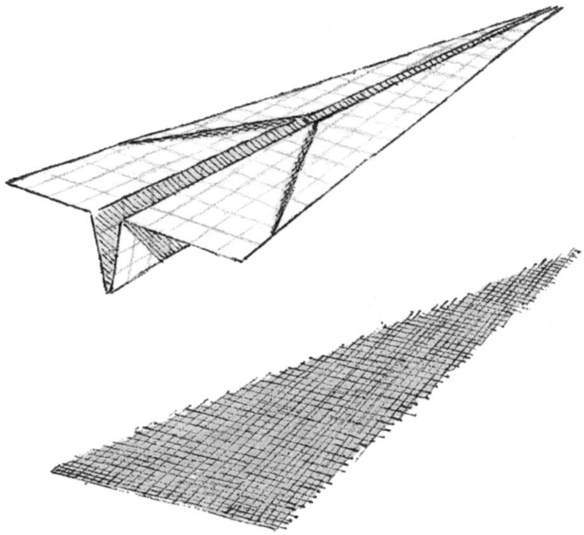

CAPÍTOL 5

L'AMINATA
I LA VIOLÈNCIA DE LES PARAULES

No puc esmorzar. Per què hi insisteix tant, la mare? Ja sap perfectament que mai no el puc digerir! Diu que em passa això perquè no tinc la consciència tranquil·la.
I per què no he d'estar tranquil·la? De què m'he oblidat? Segurament d'alguna cosa...
De la llista? No, la mare ho ha comprovat tot...
Ah! La carpeta de Geografia i Història!
No hem trobat la que volia el professor. No és pas culpa meva, sap? No en venien al supermercat! Aquest matí tinc classe de Geografia i Història? On vaig guardar l'horari?

No me'n recordo... Però me'l sé de memòria. Me'l sabia, me'l sabia!
I ara no me'n recordo de res, ni tan sols d'on el vaig deixar. Era aquí, dins aquesta butxaca...
Em sembla que tinc ganes de vomitar. No hauria d'haver menjat res...
Ei, negra? Sí, sí, tu, la negra? Però per què m'ho diu, això? Ni tan sols el conec! Mai ningú no m'ha...
I hi havia lloc per passar pel meu costat! I vaig aturar-me per mirar dins la motxilla i fer orelles de marxant!
Gira't, ne... Mai, mai ningú no m'ha...
–Què tens, Aminata? Per què plores?
–M'ha dit... M'ha dit...
–Qui? Què? Què t'ha dit?
–Aquell noi, el cap rapat. M'ha dit: «Gira't, ne...»
–Què? Digues! Vols un mocador?
–Sí... M'ha dit negra.
–Renoi! S'han tornat tots bojos, o què?
–Elisa, vull tornar a casa. Tinc ganes de vomitar.
–Au, marxem! Qui t'hagi dit això és un imbècil. Oblida-te'n. No et facis mala sang. perquè si no patiràs massa. Aquí n'hi ha molts, d'imbècils.
–No te'n fotis! Ningú no té dret a tractar-te com una...
–Però per què m'ho dius, això? Jo sóc la teva amiga. En parlaré amb en Gerard. Ja veuràs, a aquest imbècil li donaran una bona lliçó.
–Ni parlar-ne! No, no, Elisa! A la meva mare no li agradaria gens. No suporta les bandes i encara menys els nois que fan justícia amb bandes.
–Però... Per què? T'ha insultat!
–Deixa-ho estar. Ja em trobo millor. Em fa por anar tota sola al pati. M'hi acompanyes?

–I tant! Però, tot i això, em sembla que li he d'explicar a en Gerard.

–No, Elisa, no! Serà pitjor.

–Mira que n'ets, de cagada! Anem-hi! Ja ha passat, ja ha passat. No et posis a plorar un altre cop. Mira que arribes a ser figa tova, eh?

–Avui hi ha Geografia i Història? És que no he portat els apunts...

Evidentment, avui hi ha classe de Geografia i Història... Mama, ara sí que tinc ganes de vomitar! Hi ha massa gent aquí. Aquesta escola és massa gran. Si pogués ser rossa i blanca, com l'Elisa! Si pogués tornar a casa amb la mare...

CAPÍTOL 6

EN GERARD
I LA LLEI DEL TALIÓ

–Jo sé on viu aquest paio. Nosaltres som cinc. L'enxamparem darrere la pastisseria i li clavarem una bona pallissa.

–Li passaran les ganes de llençar-nos boletes de tinta.

–Gerard, la teva mare t'esbroncarà?

–La meva mare? Mai no diu res. El meu pare sí. Però generalment no hi és per feina. Excepte quan té uns dies de festa. Llavors... tot ho sap! Però tant se li'n fot la taca de la samarreta. Només es preocupa per les notes.

–La meva mare s'emprenyarà. Sobretot perquè el meu pare acaba de quedar-se sense feina. A més, aquesta samarreta era nova.

–Quan li clavem la pallissa al Pere, et quedaràs més tranquil.
–Jo, potser sí, però la meva mare…
–Guaita'l, és allà, en Pere! Està travessant el pati. Bé, bé, la farem grossa, amb aquest cretí. Apropa't, apropa't, molt bé… Perfecte, vas bé… Mai no m'he pogut despatxar amb aquest paio. Fa vint centímetres més que els altres i es pensa que és el rei. Ja ha arribat l'hora que pagui per tots els cops que ha repartit des del parvulari. No en té ni idea, de càlcul mental, i jo sé fer els comptes. Guaita, mira'l!

Mira'm, cara d'imbècil… Les mans a les butxaques… Deixa-les-hi, perquè no tindràs temps per fer-les servir.
–A la càrrega!
Té! Menja't això, mitja-nena!
Fote't!
Això és un cop de peu al ventre! Què? Fa mal, oi? Molt bé, Julià! Infla-li els morros! Ni tan sols ha pogut obrir la boca. No ha tingut temps… Ah, no! Això sí que no! No el deixarem pas marxar així!
–Enxampeu-lo! Enxampeu-lo!

Se'n va corrent com un llamp. Tot arreglat. Ja ha après la lliçó.
Ei! Fixa-t'hi! Se m'ha trencat la caputxa... El pare em farà una cara nova.
Li ho diré a la mare. L'arreglarà abans que ell arribi. De totes maneres, el pare no arriba fins d'aquí a tres dies, tinc temps de sobres... La mare m'ajudarà... Li ho explicaré...
–Guaita, Gerard, una bona dona amb el raïm que acaba de comprar...
–Tinc un forat a l'estómac, encara no he menjat res.
–La rodegem i li agafem la bossa, d'acord?
–Riurem una estona!
–Ràpid!
–Senyora, tenim gana!
–Però... Però... Colla de lladres! Torneu-me això! Socors!
–Corre! Corre!
–No pateixis, com a mínim té cents anys aquesta dona!

CAPÍTOL 7

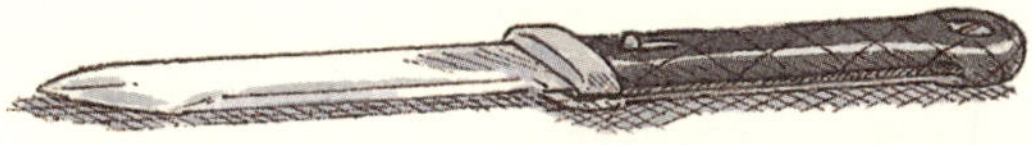

L'AMINATA I EL SILENCI DEL TERROR

–Acompanya'm, Elisa. Si anem juntes, no s'atreviran a ficar-se amb nosaltres.
–Fas broma? Quants eren?
–Em sembla que tres, potser més. No vaig tenir temps per comptar-los.
–Són de l'escola?
–No, no! Tenen disset anys, l'edat del germà de la Sofia.
–I si li comentem a la Sofia que li digui al seu germà que ens acompanyi?
–No! No cal que li ho diguis! Si dic alguna cosa, m'apallissaran. M'ho han dit.
–Quants diners t'han demanat per a aquesta tarda?
–Trenta euros.

–Li ho hauries d'haver dit a la teva mare. Hauria vingut a buscar-te...
–Ja li dono massa maldecaps... Té por de tot... Si trec males notes... Quan tinc un examen es posa malalta. De totes maneres, la meva mare mai no arriba a casa abans de dos quarts de nou.
–Llavors què fem? Estem amagades en aquest passadís des de les dues. La meva mare deu patir. Sap que els dimarts surto a les tres.
–Potser et vindrà a buscar. Marxarem amb ella, i així no s'atreviran a...
–Compte! La vigilant!
–Què hi feu aquí, senyoretes? A quina classe aneu?
–A primer B.
–I es pot saber què hi feu, aquí amagades? Les classes han acabat fa estona, oi?
–És que l'Aminata...
–Calla, Elisa!
–Expliqueu-vos noies. Es pot saber què passa aquí?
–Hi ha tres nois grans que ahir van amenaçar l'Aminata a la sortida de classe. Li van dir que robés trenta euros a la seva mare per a ells. Si no, l'estovaran de valent.
–Renoi! Li ho has explicat a la teva mare, Aminata?
–No! Em faran mal... N'hi havia un que portava un ganivet.
–No ploris més. Ara anirem a veure el director per explicar-li tot això.
–Però no cal dir-li res a la meva mare. Ja en té prou de problemes...
–No t'amoïnis.
No, no, no vull anar a veure el director.
Quan ho sàpiga la mare! Evidentment, ho acabarà sabent!
Per què s'hi ha ficat aquesta bona dona?

Això portarà cua... I els tres paios m'estovaran de valent!
Ningú mai no els ha enxampat, ni tan sols la policia.
Ja m'ho va advertir el que portava el ganivet.
Per què crida tant el director? No entenc què diu, darrere la porta. Està molt emprenyat, això sí... Un altre cop per culpa meva... Només causo problemes a tothom.
Atenció: ja han acabat de parlar. La porta s'obre! El director...
Ah, sí, ja me'n recordo... El primer dia d'escola va venir a classe per explicar-nos les normes de convivència, ser

puntual, no fer xivarri als passadissos... Aquell discurs va durar molt... Però no sé si ha servit de gaire...

–A quina de vosaltres han agredit?

–A mi, senyor.

–Els podries reconèixer?

–No... N'hi havia un amb un ganivet. No el vaig veure bé. Només em vaig fixar en el ganivet.

–Déu meu! Tenim un problema de seguretat. No puc acompanyar-te a casa amb cotxe cada dia ni tampoc puc posar policies a l'escola. De moment el millor serà trucar la teva mare.

–Torna a dos quarts de nou.

–I el teu pare?

–Treballa lluny d'aquí. Només el veig un cop al mes. Però el meu tiet i la meva tieta viuen a prop d'aquí. Podrien venir a buscar-me...

CAPÍTOL 8

EN PERE I L'ESPIRAL DE LA VIOLÈNCIA

Me les pagaran! L'hi diré a en Carles. Els seus amics els deixaran fets una coca!
Sobretot, a en Gerard. Li ensenyaré qui mana aquí. No és gaire fort per ser-ho ell. El deixaré fet un nyap. I, mentrestant els altres s'ocuparan d'en Joan, en Lluís i l'Alí. Eren cinc... Em falta algú?
No vaig tenir temps de veure'l... Segurament deu ser aquell microbi d'en Víctor. S'acolloneix tant que sempre s'amaga entre ells... Guaita! No hi ha ningú a casa d'en Carles? On s'ha ficat aquest paio? Deu ser al centre comercial amb els seus col·legues, me la jugo. Hi aniré... Però si el meu pare em truca i no sóc a casa, encara em muntarà una escena. Hi vaig? O em quedo a veure la *tele*? A aquesta hora fan molts concursos. M'escalfen el cap amb les preguntes que hi fan. La mare no arribarà abans de les vuit, dos quarts de nou; el pare, a partir de les nou... Tinc temps de sobres per anar al centre comercial... Trucaré a la mare i li diré que vaig a la biblioteca a buscar uns llibres per a un treball de classe.

Ella no fa tantes preguntes com el pare, com: «De quina assignatura és? Quan ho has de lliurar? De quin professor és?»
Des que han començat les classes em posa el cap com un timbal, amb les seves preguntes! Sempre m'infla el cap amb l'atur i els diplomes!.
No sap el que es diu! No ha entès res de res. Fins i tot els que tenen diplomes acaben a l'atur. Llavors, per què m'he de trencar el cap? Si no serveix per a res. A més, no em veig pencant des de les set del matí a les nou del vespre, sense vacances, res... Si es pensa que seré com ell...
Per a la mare, el més important és que jo sigui feliç. No sé com podem ser feliços a l'atur, però la mare no es fa aquest tipus de preguntes. Potser és la seva manera de dir-me que se li'n fot el que em passi. Per sort puc comptar amb el meu amic Carles. On s'han ficat aquests paios? Generalment, seuen als mateixos bancs del centre comercial. Allà abans hi havia flors, però els seus col·legues sempre van amb un gos que s'hi pixa. I, és clar, les flors... Guaita'ls!
–Ei, Carles!
–Ei, Pere! El teu pare avui t'ha deixat sortir?
–Sempre em deixa. Simplement, no li agrada que estigui pel carrer.
–Doncs torna cap a casa, si no et clavarà una bona pallissa.
Quan en Carles està amb els seus amics canvia completament. A l'escola és simpàtic, però quan està amb ells, em tracta com un imbècil. Els seus col·legues encara no m'han vist arribar, així que, no cal amoïnar-se. Estic molt bé, tot sol, d'acord?
–Au, va! No marxis, era una broma.

–Què tenen els teus amics? Estan rars.
–Acaben de fer-se un «porro».
–Un «porro»? Què és un «porro»?
–Droga. Ets massa jove per entendre-ho.
Bé, i què volies?
–Saps la banda d'en Gerard, els de primer? M'han apallissat.
–Aquells microbis? Els has fet una cara nova, és clar!

–Doncs... Eren molts i jo anava sol...
–Ha, ha! Llavors t'han fotut una bona pallissa! Vols que sàpiguen qui mana?
–Sí. Però els teus col·legues sembla que no estan en gaire bona forma física.
–No t'amoïnis. Demà ho estaran. A quina hora acaben les classes?
–A les cinc.
–Serem allà! Torna cap a casa abans que el teu pare et trenqui la cara.

CAPÍTOL 9

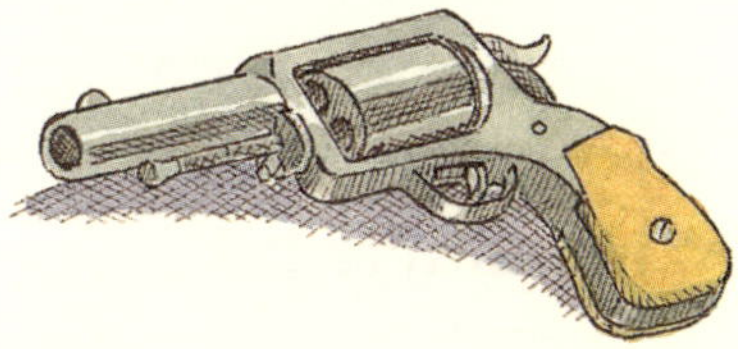

EN GERARD I ELS LÍMITS DE LA REALITAT

No entenc les noies: no saben què volen. Des de l'any passat, l'Elisa m'infla el cap amb tot això de la meva banda, i ara vol que estovi tres paios armats! Aquesta noia somia!

Encara que siguem cinc, no podem lluitar contra els ganivets! Els podríem parar una emboscada com a la *pel·li* que van fer l'altre dia a la *tele*. Només hi havia un tipus bo, i els dolents com a mínim eren deu. Després d'espiar-los durant dies, va saber molt bé com enxampar-los i els va pelar un darrere l'altre. Un darrere l'altre... Bang! Bang! Bang! Bang!... Però aquell paio no tenia un examen de *mates* l'endemà, i podia sortir al vespre a empaitar els seus enemics...

L'Aminata podria demanar ajuda al seu oncle. És guàrdia jurat al centre comercial i té una arma. A més, com a mínim fa dos metres, i els nens no li fan por, ja hi està

acostumat... I si l'Aminata li agafa l'arma per a mi? Amb una pistola de guàrdia jurat res no em fa por. Marxo de l'escola amb l'Aminata, ella caminant una mica més endavant que jo, i quan aquells paios la rodegin, arribo per darrere i els pelo un darrere l'altre...
Bang! Bang! Bang!
Com a la *tele*! La bòfia em detindria, però em tornarien a deixar en llibertat. Legítima defensa! Seria l'heroi de l'escola! I els més grans ja no m'amenaçarien als passadissos de l'escola.
Sí, és una bona idea: l'Aminata ha de portar-me la pistola. Ara deu ser a la biblioteca, el seu oncle no pot venir a buscar-la fins a les sis. Bé! Sí que hi és!
–Aminata, tinc un pla.
–Si és com el de l'Elisa, no vull sentir-ne a parlar, eh?
–Per què? Escolta'm! No saps de què et parlo!
–Em fas por. Però, bé, digues.
–Tu li agafes la pistola al teu oncle, jo els enxampo per darrere i...
–Para, para! Ets boig, o què? Si comenceu amb aquesta violència acabarem en guerra! El meu pare i la meva mare van haver de marxar del seu país per això. Saps què és la guerra? Assassinen les dones, els nens, els bebès...
–Però l'Elisa va dir...
–L'Elisa, no jo. Jo no hi estic d'acord. El director ja li ha dit al meu oncle: «dels atracadors, que se n'encarregui la policia. Els enxampen, els porten davant la justícia i els jutges decideixen si se'ls ha de castigar i de quina manera». Si totes les bandes comencessin a fer justícia, això seria la guerra.
–No t'entenc Aminata, de veritat. Abans no deies aquestes coses.

–Però vaig parlar amb la meva mare, amb el director i amb el meu oncle. I et diré una cosa: l'arma del meu oncle és falsa. O no funciona. No ho vaig entendre bé. En tot cas, quan hi ha un problema al centre comercial, discuteix amb les persones i els fa sortir amb tranquil·litat si estan drogats o són violents. Però mai no fa servir la seva arma. Ha vist què passa si la fa servir. I de veritat, no és pas com a la *tele*.
–Ah! Llavors, per què m'ha demanat que et protegeixi l'Elisa?
–Es pensa que tot és com a les pel·lis, com tu.
–M'estàs prenent el pèl. Espavila't tota sola.
–No ho estic, de sola. El director ja m'ho ha dit. I la meva mare i l'oncle també. No t'entenc. També has de fer servir el cap fora de les classes de *mates*, home!
–Ei! Les *mates* són un joc. Com el futbol.
–A l'escola, normalment, també hi ha unes normes. Com al futbol.
–Però tothom passa. Bé, adéu.
Les noies em fan ballar el cap!

Una em demana que protegeixi la seva amiga, i l'amiga em parla com si fos burro!
Mentrestant, en Joan ja ha marxat fa temps, en Lluís també, i ara he de tornar cap a casa tot sol.
Renoi! Guaita, són ells, aquells paios...
La banda d'en Carles. Estan esperant l'Aminata! Me la jugo! La van amenaçar. Pel que sembla necessiten una mica de pasta per comprar-se aquella merda que els té tan enganxats...
Ei!
Però què volen? Per què s'hi acosten? Què diu aquell paio? Pere? Quin Pere?
–Què? Ei, ei! Aaah, deixeu-me anar!
–Què? Uuuh, vols gresca, mitja merda?
–Jo? Però què voleu... Esteu bojos, o què? Deixeu-me anar, deixeu-me anar! Què? Què? Què he fet?
Deixeu-me anar!
–Vine, noi, t'explicarem unes quantes coses.
–Auxili!
–Au, tanca la boca! Això et calmarà!
Mama! El cap em roda! Em marejo... Els arbres... Què em passa? Perdo l'equilibri... Tot és fosc... molt fosc...
Algú ha tancat els llums!

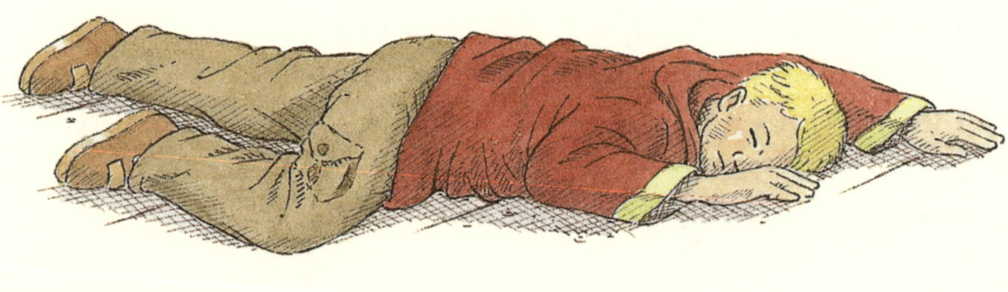

Capítol 10

En Pere
i el refús de la responsabilitat

Quina merda! Jo no hi era. Llavors... com ha pogut saber la bòfia que en Carles...?
L'haurà denunciat un malparit.
Però qui?
Si l'enxampo...
–Sí, senyor?
–T'he fet una pregunta.
–Ah...
–Em pots dir per què vens a classe, Pere? Sempre estàs a la lluna. Molts homes i dones han lluitat, i fins i tot han mort, per fer que l'escola sigui accessible per a tots els nens, sense excepció!
Tant se me'n fot! Tot això em comença a cansar! Què diu ara, amb tot això dels morts? I si són morts, doncs me n'alegro!
Jo, jo ja m'he desempallegat d'en Gerard.

Tres setmanes a l'hospital...
Quina pallissa! L'han deixat fet un nyap, ben fet!
Però... merda! És en Carles! Si ho explica tot a la bòfia... tindré problemes...
–Què?
–Pere, et torno a fer la pregunta. Si no et castigaré amb dues hores d'estudi i així aprendràs a estar atent a classe. Què és un paral·lelogram?
Doncs, la veritat és que tant se me'n foten els teus càstigs. Igualment faré el que em doni la gana... Bah! Se me'n fot! N'estic tip!
Als diaris cada dia parlen de persones que han desaparegut. I després és difícil trobar-les...
Prou de *profes*! Prou d'escola! Me'n vaig!
Bon vent! Me'n vaig abans que en Carles m'hagi rifat a la bòfia... La bòfia! Amb el pare! Ja està fart per culpa de les meves notes... Ai, ai, ai, es tornarà totalment boig si se n'adona...
Sí, home! Ni parlar-ne! Em clavarà una pallissa!
No!
No i no!
Ja en tinc prou! Me'n vaig!
Jo m'esfumo...
Passo per casa, fico les meves coses en una bossa,
i adéu-siau!

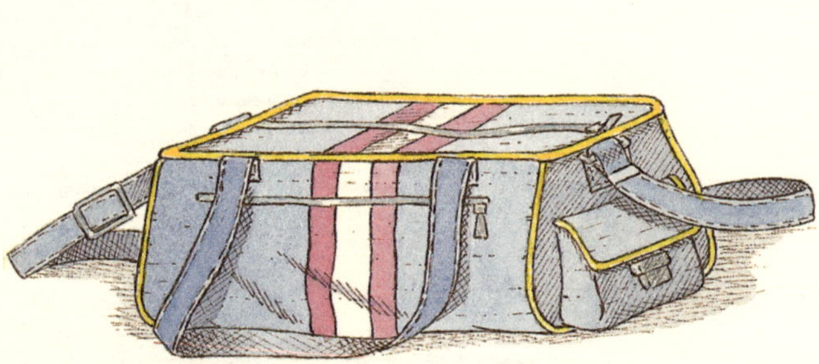

CAPÍTOL 11

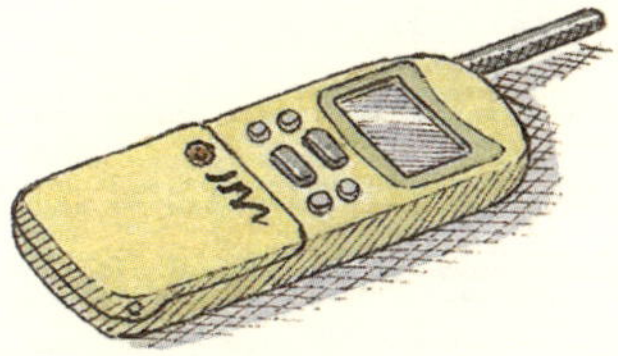

L'AMINATA I EL RETROBAMENT DE LA PARAULA

Els alumnes mai no van a parlar amb el director.
El director crida els alumnes al seu despatx, i no pas al revés.
Però ell... ell no és pas com la directora de l'escola de primària. Sempre t'escolta...
Em va escoltar, va escoltar el meu oncle...
Sempre té tot el temps que calgui per parlar, encara que estigui enfeinat...
No, no em fa por el director! Però la seva secretària! Amb aquelles ulleres de cul de got!
–Què vols, nena?
–Parlar amb el director.
–Ah... I de què vols parlar amb ell?
–Doncs... És personal.
–Ah... No m'ho pots dir? Com et dius? A quina classe vas?
–Aminata Bouboloré. Primer B.
–D'acord. A veure si et pot atendre.

Truca al despatx del costat. No hi és? Ah, ah! Està parlant... Sí que hi és!
–Pots passar, Aminata. Per aquesta porta.
Què n'és de pesada, aquesta porta! No tinc forces... Mira que en sóc, de dèbil i covard. Té raó l'Elisa! Com es pot oblidar la por si ets una poruga tota la vida?
–Bon dia, Aminata!
–Se... seny...
–Pots parlar tranquil·la, hi ha molt d'oxigen aquí dintre. Seu, si us plau. De què vols parlar?
–Bé... Tinc un pla per a allò de l'assetjament. No es poden posar policies a tot arreu, d'acord. El meu oncle ha pogut venir a buscar-me tota aquesta setmana, però si tot això continua el seu cap li cridarà l'atenció. He pensat que el millor és que tots sortim alhora, i que els grans acompanyin als petits a casa seva.
–Ah... Potser és una bona idea, però impossible de dur a terme. Els horaris estan fets per evitar que els alumnes surtin a la mateixa hora i així s'eviten les aglomeracions.
–Però els dimarts, per exemple, sortim a la mateixa hora que els de tercer E. Ho sé perquè el germà de la Sofia està a tercer E.
–Doncs bé, comenta-li al germà de la Sofia que t'acompanyi.
–Però si li ho demano jo sola, es riurà de mi. Es pensarà que... A més, a primer hi ha més gent que té por, sobretot des que van apallissar en Gerard i està ingressat a l'hospital. Tots els de primer tenen por. És horrible tenir por sempre. No ens ho podem treure del cap!
–Tens raó, no es pot viure amb por. Cal fer alguna cosa...

–Però ràpid. S'ha de fer alguna cosa ja! Avui mateix! O demà, però no més tard.
–Calma. Dius que els grans han d'acompanyar els més petits. Com ho fem?
–El puc ajudar, si vol.
–Ets molt amable, Aminata, però és massa complicat. Cal temps. Jo ja ho trobo complicat, imagina't...
–Cada alumne de primer podria escollir-ne un de gran perque l'acompanyi. Així també el podria ajudar a fer els deures, a estudiar...
–No hi ha tants alumnes a tercer com a primer. Potser hauríem de fer grups... Cinc de primer per tres de tercer...
–Com pot quedar això? Tres, cinc o dos...?
–És qüestió d'organització...
–Però no podem viure amb la por al cos!

Capítol 12

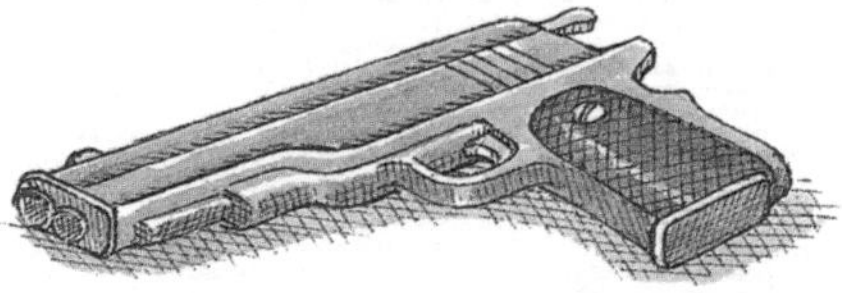

En Pere
I EL PLA DE FUGIDA

Què toca aquest matí? Anglès? Passo de tot! Aixecar-se per anar a Anglès! Mai no entenc de què parla, aquell paio anglès. I tots aquells llepaculs! Sobretot en Carles... Però que s'ha pensat aquell desgraciat? Que li diria a la bòfia que he estat jo el que ha dit d'apallissar en Gerard? Està sonat! I els seus col·legues ni tan sols em van veure al centre comercial... No tenen cap prova!

Per sort, la bòfia va advertir el meu pare i va venir amb mi! De seguida els va dir que jo no necessitava ningú per fer-me respectar! I quan van veure la meva alçada, van entendre que en Carles deia mentides...

No, no s'atrevirà a ficar-se amb mi, és un cagat... Però me la té jurada. I si s'està fent el bon noi? No té res a perdre. Potser vol enxampar-me aquesta tarda amb els seus amics... Em sembla que agafaré la pistola del pare. Només per impressionar-los. En Carles l'ha de veure per acollonir-se, després de les classes.

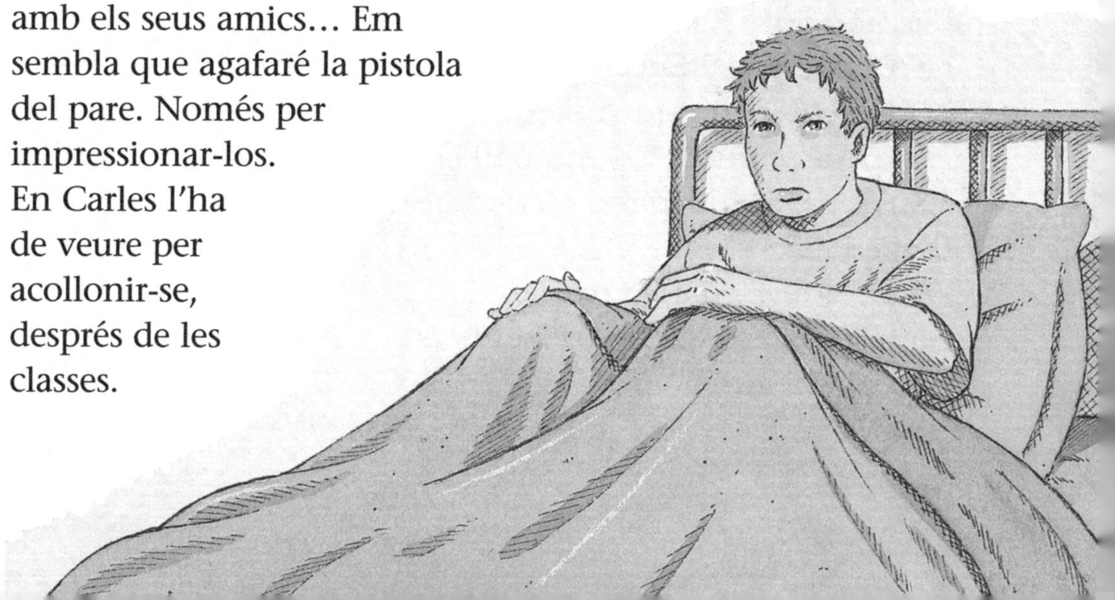

S'acollonirà, i ho deixarà estar...
Sí, sí, això sí que és una bona idea!
On l'haurà amagada el pare? Abans era al calaix de la taula del despatx, però la va canviar de lloc des que va veure que jo...
Potser deu ser a la seva prestatgeria? O potser a la seva habitació? Dins l'armari? Em sorprendria que la mare li deixés amagar la pistola entre la seva roba... Al calaix de la tauleta de nit! Bona! L'he trobada!
Ei! Cinc minuts per a les nou! Faig tard. Val més que m'afanyi!
L'he d'amagar bé dins la cartera. Només faltaria que algú se n'adonés i la veiés.
La *profe*! Afanya't! Afanya't! Amb una mica de sort, tinc temps abans no tanquin la porta.
De conya! Però els altres ja han pujat a classe...
Passar pel despatx, el paper de retard... Passo! Vaig directament a classe, l'anglesa aquella que digui el que vulgui.
–Pere Bertran, un altre cop fas tard! Portes el paper de retard?
–No.
–No, se-nyo-re-ta! Baixa ara mateix al despatx a buscar-ne un!
–No val la pena! Encara perdré més temps!
–Quan entenguis que una de les normes bàsiques és arribar puntual, no en perdràs més.
–No és pas culpa meva! La meva mare no m'ha despertat!
–Amb la teva edat, ja hauries de saber com funciona un despertador. Ves-hi ara mateix!
–No, no hi aniré!

–Sí, sí que hi aniràs.
–Passa de mi, vella!
–Perdó? Pere Bertran, fes el favor d'aixecar-te de la cadira immediatament i baixar al despatx. Deixa en pau la cartera! No et vull veure més a la meva classe!
–Ni jo, tinc tantes ganes de perdre't de vista que et pelaré!

Quin mal a les orelles! Les meves orelles! Em cremen...
Què fa aquella al terra?
És morta?
I per què em mira tothom d'aquesta manera?
Què tinc?
Fa pudor... Aquesta pudor és de la pistola?
Estava carregada?
Però per què criden? On van? I l'altra desgraciada, pel terra... L'he mort?
Només era una broma! Només per acollonir-la! Ni tan sols hi ha sang! S'ha desmaiat... I ara què hi fot aquí el director?

Capítol 13

En Gerard i el delicte d'innocència

–Digui? Què? Digui? No et sento bé. Eh? Para, para Lluís. No m'ho crec! La *profe* d'Anglès? A quin pis és?
–Al tercer, just a sobre teu. No hem pogut passar a veure-la. Ens han dit que durant unes setmanes s'estima més no veure cap alumne. Ha de descansar, ja saps... el xoc.
–Li diré a la meva mare que compri un ram de flors. L'hi portaré…
–Gerard, em sembla que tant se li'n foten les flors…
–Bé, sempre fa il·lusió…
–Però no te n'adones, o què? Tothom en parla, fins i tot a la *tele*!: «Un alumne porta una pistola a classe i dispara a la professora». I tu creus que això s'arregla amb un ram de flors? Tu desvarieges! Ets com en Joan! Amb tantes *pel·lis gore*, ja es pensa que la sang de veritat és un efecte especial!
–Per què t'emprenyes d'aquesta manera, Lluís? Mai no veig aquestes *pel·lis gore*! A més, jo no hi pinto res en aquesta història!
–I tant que sí. Tots hi pintem alguna cosa.

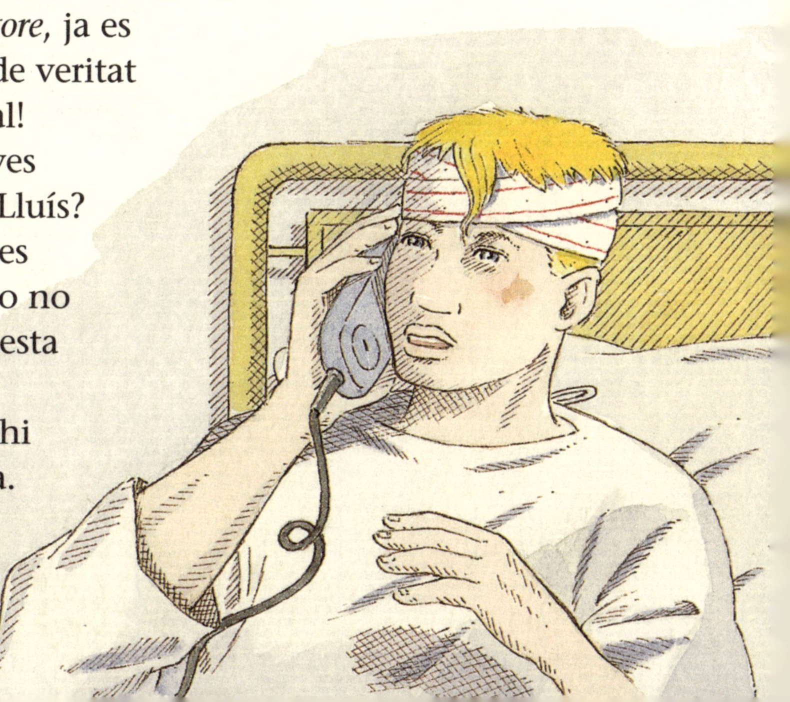

–Au, va! Passa de mi!
–Aquestes històries de bandes, de baralles, d'atracaments, sempre acaben malament!
–Mai no he atracat ningú, jo!
–Au, va! Jo hi era amb tu, quan vam pispar el raïm d'aquella dóna.
–Jo no era l'únic que estava allà.
–Doncs, el que et dic: vam ser tots. I ara tothom hi pinta alguna cosa, en la història d'en Pere. Et diré una cosa: de la banda i tot allò, ja no en vull sentir a parlar.
–Però podem continuar sent amics...
–Jo ja passo de tot. Has vist l'Aminata?
–No, per què? Havia de venir?
–Vol parlar amb tu. I em sembla que no et convé per res dir-li que tu no tens res a veure amb tot això.
–No em fa por aquesta boja!
–Per què mai no fas servir el cap fora de les classes de *mates*, Gerard?

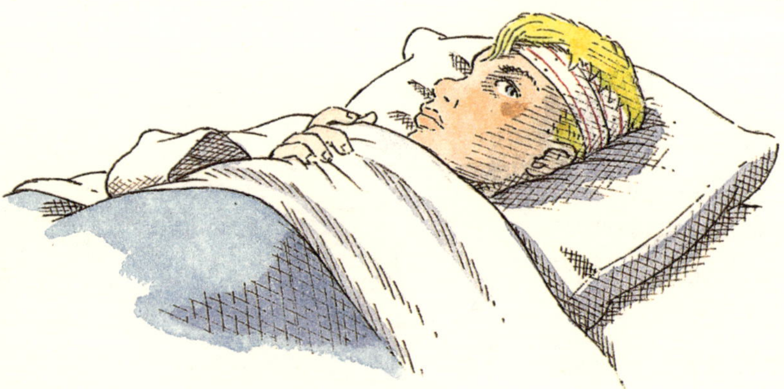

Capítol 14

L'Aminata
i la descoberta del dret

–S'hi està bé al sol, oi, Aminata? Què et fa gràcia?
–No ho sé. Que parli del sol…
–Un director d'escola no té dret a gaudir del sol?
–No, no. Potser estic cansada... Totes aquestes reunions han sigut massa llargues…
–Però han estat bé. Hi era tothom: la senyora Garriga, administració, els professors, els alumnes…
–Sí, ha estat molt bé. Però hauríem d'haver cridat els pares. A més a més, el pare d'en Gerard…
–Ha vingut a veure'm. Hem parlat força estona. Del seu fill, de la banda Em sembla que en Gerard necessitarà força temps per explicar-ho al seu pare. En qualsevol cas, el seu pare no el deixarà tranquil fins que no hagin deixat les coses ben clares… El problema és que els pares no treballen pas al centre. No passen la major part del seu temps aquí, com nosaltres…

–Però sempre són als caps dels seus fills. La prova és el pare d'en Pere, que tenia aquella arma a casa seva... Ho haurien de prohibir...
–Ja està bastant controlat per la llei. Però mai no es podrà impedir del tot.
–Crec que s'haurien de prohibir totes les armes.
–És un somni molt maco, però bastant impossible. I el nostre problema ben bé no és aquest. Dels cinc-cents deu alumnes de l'escola, quants poden trobar una arma a casa seva? Dos, tres, màxim... Però per què?, en quin moment un d'ells porta aquesta arma a l'escola? Aquesta és la qüestió... Ja has anat a veure en Gerard?
–Sí, continua dient que en Lluís i tots els altres de la seva banda són uns acollonits, que l'han deixat tirat.
–No han anat a veure'l a l'hospital?
–Sí, cada dia. Han fet torns per portar-li els apunts. Però diu que ja no té banda, que no té amics.
–Es poden tenir amics sense haver d'infondre el terror...
–Això ell no ho entén. La banda li permetia tenir tots els drets. Es penedeix de quan tots cinc es creien els justiciers del món... Creu que ara respectaran el nou reglament?
–Això espero. La majoria dels alumnes només té un desig: estudiar en pau.
–Però els que mai no ho han respectat, per què ho han de fer ara?
–Tothom ha entès fins on pot arribar tot això, quan algú fa regnar la seva pròpia llei. I s'han deixat ben clares les normes que cal respectar. Normes per a tothom, acceptades per tothom. Però, és clar, caldrà recordar-ho constantment.

–L'altre dia va estar molt bé, al gimnàs, quan els petits van escollir els seus tutors d'entre els grans. Quina gràcia!
–Què era graciós?
–Ens miràvem els uns als altres. Els grans ens observaven. Crec, sincerament, que mai no ens havien vist abans. Només érem una mena d'ombres que s'estaven al passadís.
–Doncs, tot això és gràcies a tu, Aminata. Jo mateix no us havia mirat com cal. No com a persones capaces de reflexionar, en tot cas. Ho trobes divertit?
–No troba que és ben estrany tot això: a l'escola el més difícil no és aprovar, sinó respectar-se els uns als altres!

Advertiment final

Vèncer la violència

El 1993 es van constatar 95.000 actes de delinqüència de menors, 154.000 el 1997! Els fets hi són, no hem de negar aquesta evolució inquietant mentre que els autors, cada cop més joves, sovint actuen col·lectivament.
Però no es tracta d'acceptar la fatalitat d'aquesta decadència: aquest llibre ajudarà els joves a reflexionar i a fer-se càrrec del seu destí. L'escola té una responsabilitat en la igualtat d'oportunitats i la solidaritat. Mirall de la nostra societat, no pot fugir de les seves obligacions. Cada dia s'enfronta amb múltiples problemes de socialització i formació del nen ciutadà, ja que l'alumne sovint retroba a l'escola la violència, la por, el xantatge o les relacions de força. Per això encoratgem i recolzem els docents en la seva missió educativa. Enfortim la imatge dels adults que s'enfronten a les realitats, respectant les normes de ciutadania. Recordem als pares que ocupen un lloc absolutament irreemplaçable.

La política ciutadana també ha de recolzar aquestes qüestions, concedint privilegis a la concertació, la prevenció i l'ajuda a projectes col·lectius: als nostres barris s'han de dur a terme accions concretes per tal de vèncer la por, prevenir la violència i combatre el racisme.

Cal tenir en compte l'immens repte d'aquests objectius socials i trobar els camins eficaços per emprendre el pròxim mil·lenni amb valentia i confiança.
La qualitat de la nostra democràcia té aquest preu.

Jean-Pierre Balduyck
Diputat-alcalde de Tourcoing
Col·laborador ponent de la missió interministerial sobre la prevenció i el tractament de la delinqüència dels menors

ARGENTINA

FUNDACIÓN SES (SUSTENTABILITAT-EDUCACIÓ-SOLIDARITAT)
Fundació dedicada a la promoció i el desenvolupament de diferents estratègies tendents a la inclusió dels adolescents i joves amb menys oportunitats

Vuelta de Obligado 2667
CP (C1428ADQ)
Buenos Aires
Telèfon:(54-11) 4896-1921
Fax: (54-11) 4896-1920
E-mail: info@fundses.org.ar
http: www.fundses.org.ar

BRASIL

FUNDAÇAO ABRINQ
Fundació dirigida als adolescents de Brasil.

Rua Lisboa, 224
Jardim América
05413-000 Sao Pâulo-SP
Brasil
Telèfon / Fax: (55-11) 3081 0699
E-mail: info@fundabrinq.org.br
http: www.fundabrinq.org.br

ESPANYA

CENTRO DE PROFESORES Y RECURSOS DE LATINA-CARABANCHEL
Projecte nacional per a la prevenció de la violència a les escoles

http: //www.centros5.pntic.mec.es/cpr.de.la.latina.carabanchel/convivir/aport.html

CONSEJERÍA DE EDUCACIÓN Y CIENCIA DE ANDALUCÍA
Programa exhaustiu i educatiu sobre la prevenció dels maltractaments entre companys i companyes

http://montegrande.ucv.cl/conviven.pdf

ESTATS UNITS

CENTER FOR THE PREVENTION OF SCHOOL VIOLENCE
Centre dedicat a la prevenció de la violència a les escoles

1801 Mail Service Center
Raleigh, NC 27699-1801

Telèfons: 800-299-6054
919-733-3388 ext 332
E-mail: jaclyn.myers@ncmail.net
http: www.ncdjjdp.org/cpsv

PERÚ

EDUCA
Institut de foment per a una educació de qualitat

c/ Luís N. Sáenz, 581
Lima – Perú
Telèfon: (51-1) 460 – 4604
Fax: (51-1) 463 – 4636
E-mail: postmast@educa.org.pe
http: www.educa.org.pe

CEDRO
Institució privada sense cap finalitat de lucre
per a promoure l'educació i la informació sobre las drogues en els joves.

c/ Roca y Boloña, 271
San Antonio – Miraflores
Lima – 18 Perú
Telèfon: (51-1) 4466682 / 4467046
Fax: (51-1) 4460751
E-mail: postmaster@cedro.org.pe
http: www.cedro.org.pe

PUERTO RICO

CMP – Colegio de Mediación Profesional
Centre dedicat als programes de resolució
de conflictes com antídot a la violència escolar

E-mail: Director@colegiomediacion.com
http: www.colegiomediacion.com/escolar.htm

XILE

Instituto de Meditación Trascendental
Institut promotor d'un programa titulat «Fi a la violència escolar»

Edificio Studio II – Napoleón 3565 Ofic. 607
Las Condes – Santiago de Chile
Telèfon: (56-2) 315 5540
Fax: (56-2) 315 5540
E-mail: info@violenciaescolar.org
http: www.maharishi.cl/noviolencia/